P9-ECR-233

Primera edición: 1997

Este libro tiene al menos dos cuentos.
Uno, sin palabras, narrado en fotografías.
El otro está narrado con palabras e ilustraciones.
El lector puede encontrar y crear otros.

Coordinador de la colección: Daniel Goldin
Diseño: Joaquín Sierra Escalante
Dirección artística: Mauricio Gómez Morín
Fotografía: Arturo González de Alba
Tinta china: Daniel Sein †
Actor serie fotos: Chepe
Preprensa: Opcióntronix

Carr. Picacho Ajusco 227; México, 14200, D. F.

ISBN 968-16-5186-3

Impreso en Colombia. Tiraje 7 000 ejemplares

MARITA
no sabe dibujar
y otra historia sin palabras

Monique Zepeda

LOS ESPECIALES DE
A la orilla del viento
FONDO DE CULTURA ECONÓMICA
MÉXICO

Marita tiene un tío pintor.
Su tío pintor.
Él toma una pluma finísima
y dibuja un árbol tan seco que casi cruje.

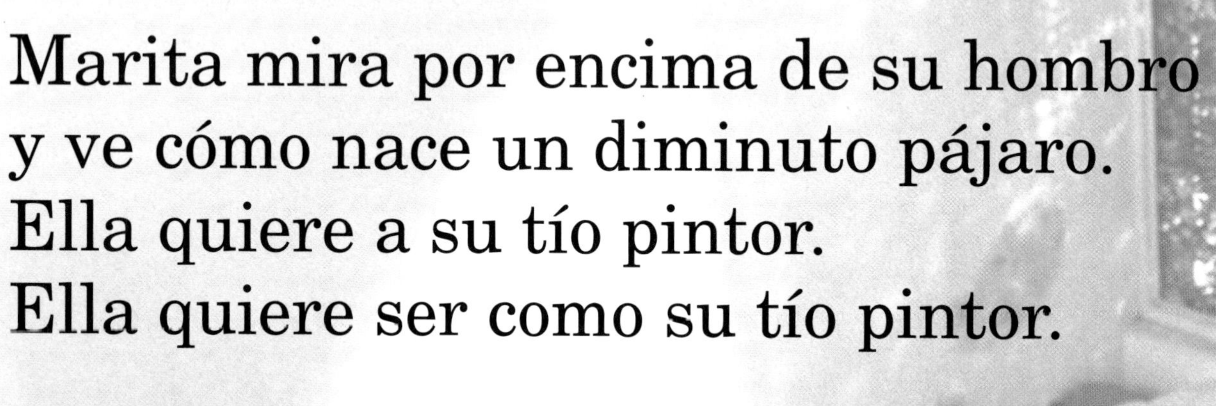

Marita mira por encima de su hombro
y ve cómo nace un diminuto pájaro.
Ella quiere a su tío pintor.
Ella quiere ser como su tío pintor.

¡Oh!

Pero Marita no sabe dibujar.
Ella piensa una flor y le sale
un garabato.

marita

Ella cree que es porque tiene los dedos chuecos. Así le dicen algunas niñas que cuando piensan *casita*, dibujan casita con flores y pájaros.
Su tío ríe mientras traza una línea alrededor de la mano de Marita.

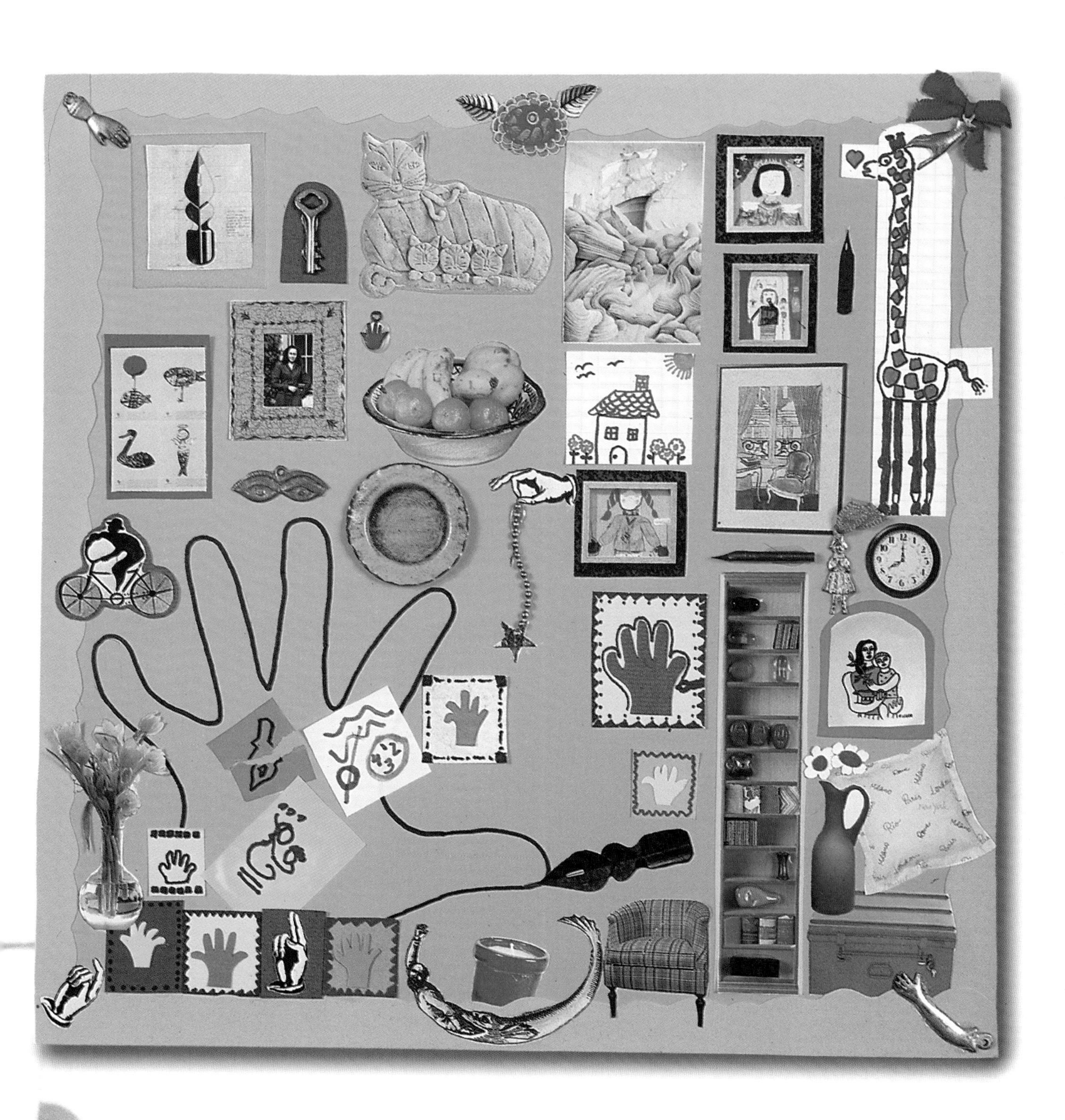
Paris
London
Rio

Un día, su tío se fue.
No está, no estará.
Marita no tiene más un tío pintor.

Hay cosas que por oscuras
no se comprenden.

Hay luces que por brillantes
no dejan ver.

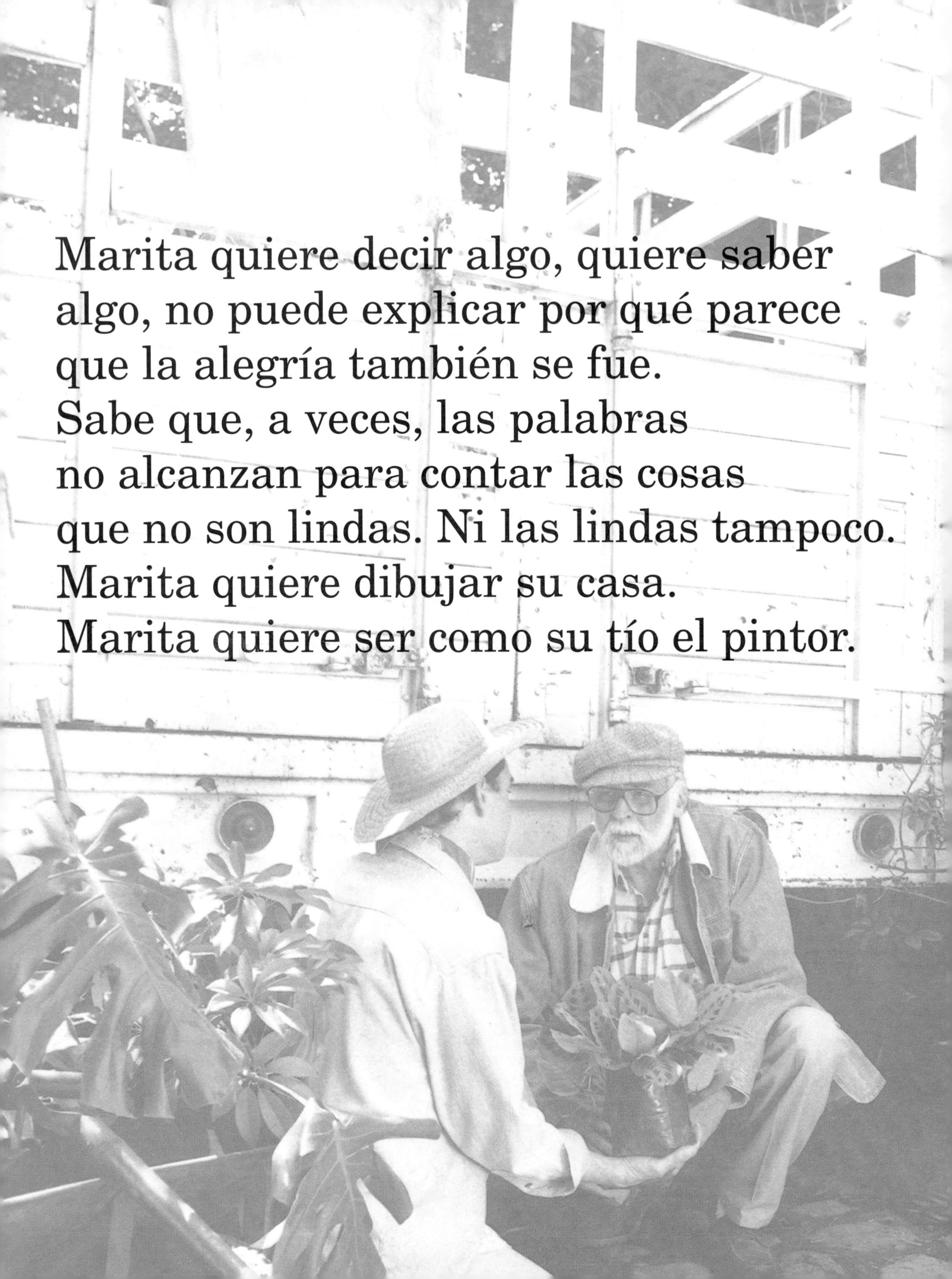

Marita quiere decir algo, quiere saber
algo, no puede explicar por qué parece
que la alegría también se fue.
Sabe que, a veces, las palabras
no alcanzan para contar las cosas
que no son lindas. Ni las lindas tampoco.
Marita quiere dibujar su casa.
Marita quiere ser como su tío el pintor.

Sólo garabatos...
Se enfurece, rompe la hoja
y las palabras se escapan
como papeles arrugados.

Marita deja de hablar.

EVA
ADAM

En el cuarto de su tío encuentra
una caja con tesoros, unas tijeras
y una carta con un secreto.

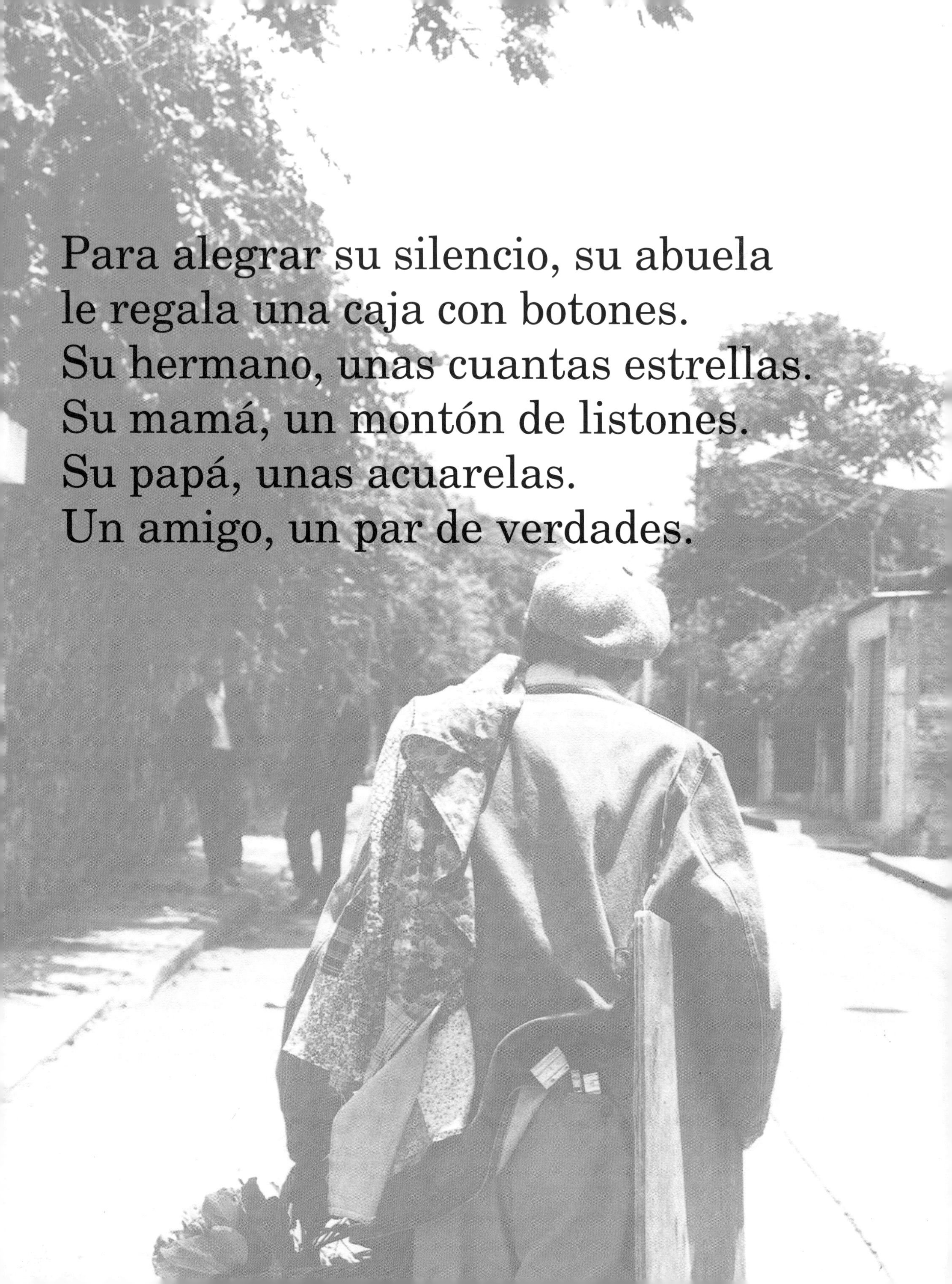

Para alegrar su silencio, su abuela
le regala una caja con botones.
Su hermano, unas cuantas estrellas.
Su mamá, un montón de listones.
Su papá, unas acuarelas.
Un amigo, un par de verdades.

Poco a poco, con un tiempo que no cabe en los relojes, Marita inventó su cocina, con una ventana donde es de día y otra donde es de noche.

CAFE

Las tijeras encontraron papeles, papelitos y otras cosas en el cuarto al que su tío no regresó más.

Con tanta maravilla, Marita hizo brotar un jardín con unas flores que se parecen a las que ella piensa.

De unos libros hermosos
recortó cosas que pensó que a su tío
le hubiera gustado poner en su cuarto.

Marita escribió, porque escribir sí sabía:
Para hacer un libro como éste, necesitas:

CUENTOS
PUROS
CORAZÓN
MARTIN
RAROTONGA
Avarua

Amor, abuela, una abuela que te preste su caja-costurero, alguien que te ayude un poco.

Botones, bolitas, besos de los que se dan y de los que se reciben.

Cositas, corcho, cintas, cariño, cartón.

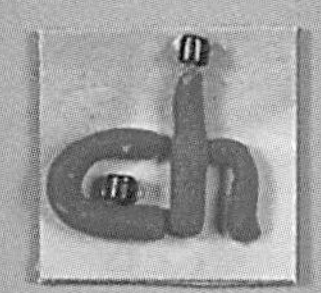

Chistes, porque reír siempre hace bien, chaquira.

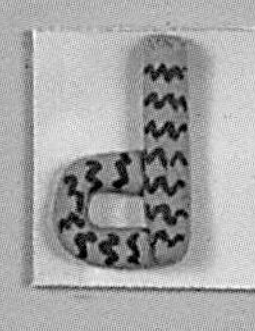

Dulces, por si se te antojan.

Encaje, emoción, espiguilla, estrellas.

Frijolitos, flores, fotos.

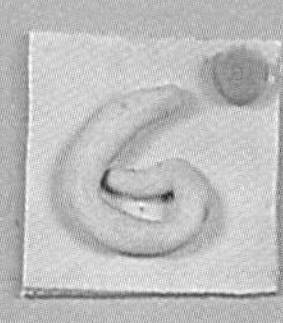

Ganas de jugar, goma de borrar, por si acaso.

Hilo, hojitas, humos, buen humor.

Imaginación.

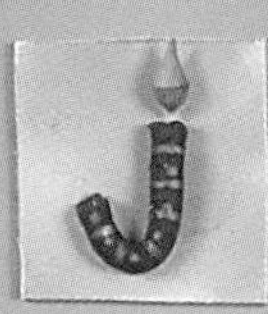

Joyitas, de esas que se encuentran rodando por cualquier parte.

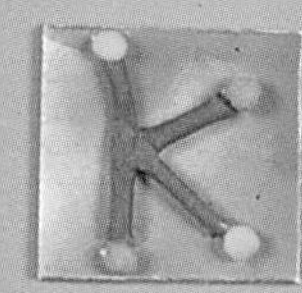

Kilos de ganas.

Listones, libros, lentejuelas, luz, buena luz.

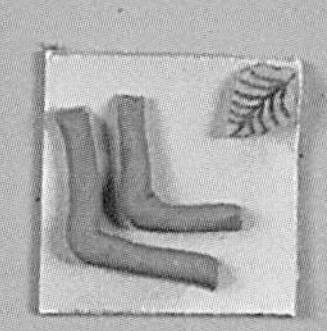

Lluvia, para poner verdes las ideas y las montañas.

Música, maderitas.

Noches, que es otra forma
de medir el tiempo, nubes para
mojar la imaginación.

Tildes, para que todas las
letras que quieran tengan sombrero.

Objetos extraños pero bonitos.

Pulso, papel, perlitas,
pegamento, palitos,
paciencia, mucha.

Queso con pan, por si te da
hambre.

Ramitos, risa, revistas, ratos
libres, muy libres.

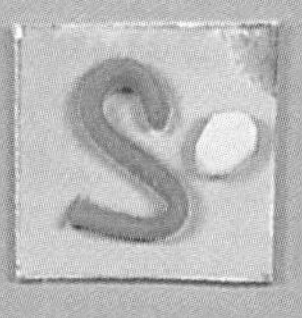

Semillas, silencio a veces,
sol, sueños, esos sí, siempre.

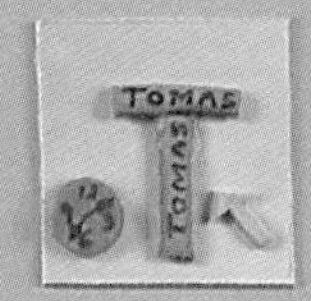

Tela, tiempo, tul, trapos,
tijeras.

Uvas, porque son lindas.

Velas, por si se va la luz,
vaso con agua para la sed.

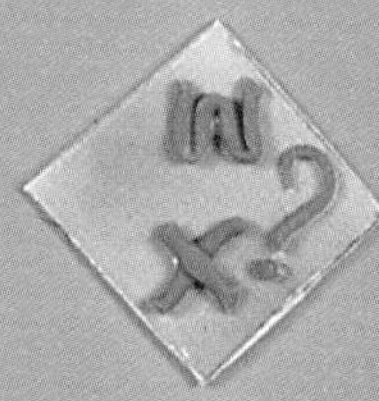

No se me ocurrió nada con
W y un xilófono no nos sirve
para nada.

Un yoyo y ya.

Zapatos, o por lo menos
zapatillas para que no te dé
frío en los pies.

Entonces dijo, porque las palabras
que se escapan también regresan:

—Esto es para
mi tío
el pintor.

Y todos en su casa por fin sonrieron.

Marita no sabe dibujar
de Monique Zepeda,
se terminó de imprimir en los talleres
de Panamericana, Formas e Impresos, S. A.
en Santafé de Bogotá, D. C.
El tiraje fue de 7 000 ejemplares.